Palace

Elderberry hodge

Dairy

Mill

Laundry

Butter meadow

willow bushes

The Voles Holes

where the
wedding party
ended up

THE
PRIMROSE WOOD

질 바클렘(Jill Barklem)은 영국에서 태어나 세인트 마틴 미술 학교에서 일러스트레이션을 공부했다.
바클렘은 자신이 태어난 에핑 숲을 모델로 이상의 세계, 찔레꽃울타리를 만들었다.
구성하는 데 총 8년이 걸린 찔레꽃울타리 시리즈는 뛰어난 작품성으로 전 세계에서 인정받고 있다.

여름 이야기

질 바클렘 글・그림 | 이연향 옮김

1판 1쇄 펴낸 날 | 1994년 10월 1일
2판 1쇄 펴낸 날 | 2024년 7월 30일

펴낸이 | 장영재 **펴낸곳** | 마루벌 **등록** | 2004년 4월 1일(제2004-000083호)
주소 | 서울시 마포구 성미산로32길 12, 2층 (우 03983) **전화** | 02)3141-4421
팩스 | 0505-333-4428 **홈페이지** | www.marubol.co.kr

KC인증 정보 품명 아동도서 **사용연령** 6세~초등 저학년 **제조년월일** 2024년 7월 30일 **제조국** 대한민국
연락처 02)3141-4421 서울시 마포구 성미산로32길 12, 2층 **주의사항** 종이에 베이거나 긁히지 않도록 조심
하세요. 책 모서리가 날카로우니 던지거나 떨어뜨리지 마세요.

여름이야기

질 바클렘 글·그림 | 이연향 옮김

마루벌

아주 무더운 여름날입니다. 매일 해는 파란 하늘
높이 떠오르고, 들판에서는 뜨거운 공기가 아른아른
피어오릅니다. 들쥐 마을은 조용합니다. 대부분
시원한 집 안에서 가만히 있는 것을 더 좋아하거든요.

마을에서 가장 시원한 곳은 냇가입니다.
오후가 되면 들쥐들은 냇둑 아래 시원한 그늘에 모여
앉아, 발과 꼬리를 맑은 물속에 담그고 이야기를
나누곤 합니다.

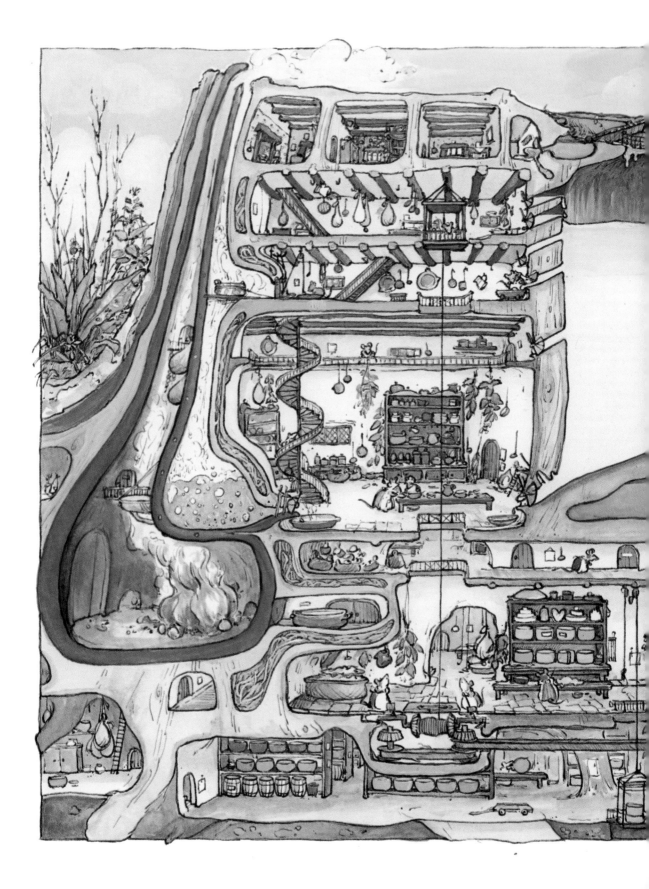

냇둑에는 물방앗간과 치즈 버터 공장이 있습니다.
냇물은 찔레꽃울타리 마을의 물레방아를 돌려, 밀을 빻아
밀가루를 만들어 주고, 우유에서 뽑은 크림을 치즈가
되도록 휘저어 줍니다.
눈초롱은 치즈 버터 공장을 맡고 있습니다. 맘씨 좋은
젖소가 준 우유를 커다란 저장통에 부어 담고, 또 그 통을
돌봅니다. 거기에 치즈를 걸러 내 모양을 만들고, 연기를
쐬어 냄새를 좋게 하고, 또 포장하는 일까지 합니다.

눈초롱은 더운 날씨를 좋아하지 않습니다.
더운 날에는 버터를 시원한 소루쟁이 잎사귀에 싸 두지
않으면 녹아내리고, 크림은 냄비에 담아 물방앗간의
냇물에 띄워 두지 않으면 곧 상해 버리기 때문입니다.
일을 마치고 나면, 눈초롱은 물방앗간 쪽으로 가서
시원한 물레방아의 물보라를 맞곤 합니다.
　냇물 더 아래쪽에 있는, 물방앗간 주인은 바위솔입니다.
항상 수염에서부터 꼬리 끝까지 하얀 밀가루를 뒤집어
쓰고 있어 '먼지풀썩'이라는 별명을 가지고 있습니다.

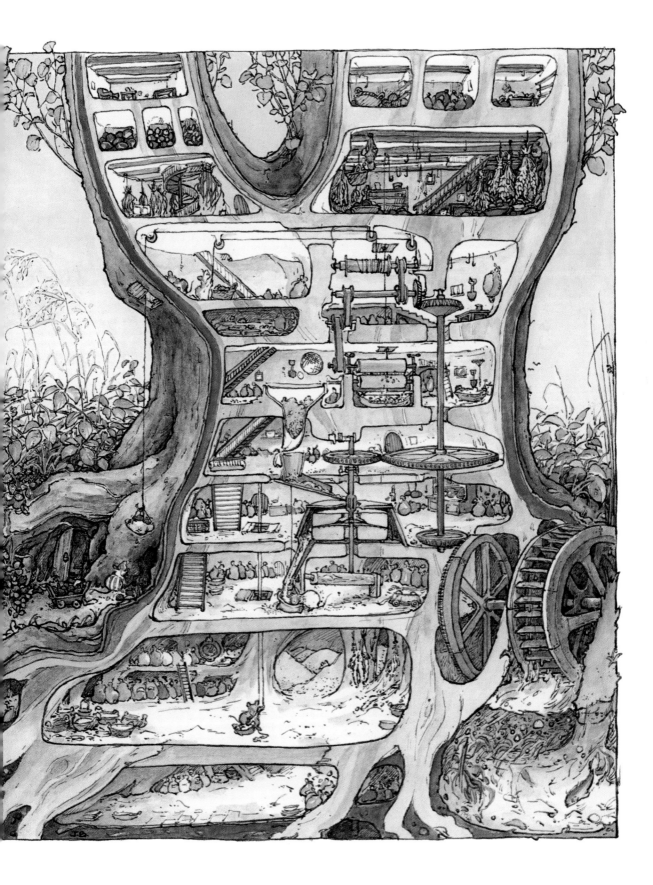

　바위솔은 대대로 방앗간을 해 온 아버지, 할아버지,
증조할아버지처럼 쾌활하고 다정한 들쥐입니다.
날씨가 좋은 날엔 냇가를 따라 오르락내리락하면서
물놀이하는 들쥐들과 이야기를 나누곤 합니다.
그가 산책을 하면서 치즈 버터 공장을 지날 때면,
냇가에 서 있는 어여쁜 눈초롱을 자주 볼 수 있습니다.
길고 더운 여름날이 계속되면서 바위솔은, 치즈 버터
공장 쪽으로 점점 자주 가게 되었습니다.
그리고 눈초롱도 물레방아 옆 이끼 낀 그늘에
더 오랫동안 나와 있곤 했습니다.

마침내, 눈초롱과 바위솔은 정식으로 결혼을
발표합니다. 그러자 찔레꽃울타리 마을에 사는
모든 들쥐들이 무척 기뻐합니다.

한여름에 식을 올리기로 하고 곧 준비에 들어갑니다.
눈초롱은 그때가 되면 틀림없이 날씨가 더울 거라고
믿었어요. 그래서 둘은, 결혼식을 냇가에서 올리기로
합니다. 그곳만큼 여름에 시원하고 낭만적인 곳은
없을 테니까요.

바위솔은 숲속에서 커다랗고 넓적한 나무껍질을 찾아,
여러 들쥐들과 힘을 모아 냇가로 끌고 옵니다. 그리고
어렵사리 갈대와 쐐기풀을 꼬아 만든 밧줄에 매어,
방앗간 둑 밑 냇물 한가운데에 띄워 둡니다.

눈초롱도 결혼 준비를 서둡니다.
매일 오후가 되면 키 큰 미나리아재비 그늘에 앉아
웨딩드레스에 수를 놓습니다. 그러다 누군가 가까이
오는 듯하면 얼른 감춥니다.

드디어 결혼식 날입니다. 하늘은 푸르고 깨끗했으며
그 어느 날보다 덥습니다. 들쥐 마을은 부엌마다 매우
바쁩니다. 시원한 여름 음식을 만들고 있거든요. 차가운
물냉이 국도 있고 신선한 민들레 샐러드, 꿀로 만든
크림, 우유 빵, 달걀 과자도 있습니다.

　젊은 들쥐들은 아침 일찍 일어나 바구니 가득 산딸기를
따 옵니다. 까치수염 아저씨는 앵초꽃, 조팝나무꽃,
딱총나무꽃으로 만든 술 들을 골라, 갈대숲에 시원하게
넣어 둡니다. 저장 그루터기의 땅 밑 저장방들을 돌보는
아저씨는, 작은 키에 길고 흰 수염이 난 맘씨 좋은
들쥐랍니다. 냄새만으로도 좋은 술을 금방 가려내지요.

치즈 버터 공장 위층의 자기 방에서, 눈초롱은 조심스레 웨딩드레스를 입습니다. 수염도 깨끗이 빗질하고, 귀 뒤에 장미꽃 향수도 살짝 뿌리고요. 마타리 부인이 꽃을 달아 준 밀짚모자가 침대 옆에 걸려 있고, 신부가 드는 꽃다발은 창틀 옆에 놓여 있습니다. 눈초롱은 반짝이는 옷장 문에 비친 제 모습을 살짝 봅니다. 그리고 숨을 한 번 크게 쉬고 들러리들이 있는 아래층으로 사뿐사뿐 내려갑니다.

바위솔은 제일 좋은 양복을 골라 좀이 슬지 않게 방앗간
계단 밑 바구니에 잘 두었어요. 이제 그 양복을 꺼내 입고
단춧구멍에 데이지 꽃 한 송이를 꽂습니다.

"어제 빻은 밀을 잠깐 보고 오는 게 좋겠어."

이렇게 중얼거리며 바위솔은, 방앗간 전체가 흔들릴 만큼
빠르게 뛰어 올라갑니다. 그 바람에 나무 천장에서 밀가루
먼지가 풀썩, 결혼 예복에 뽀얗게 내려앉습니다.

"이런 세상에!"

옥수수 자루에 앉아, 바위솔은 먼지가 묻은 양복을
걱정스레 내려다봅니다. 그때 문 두드리는 소리가 나고,
친구가 편지 넣는 구멍에 대고 소리를 지릅니다.

"준비됐나? 이제 갈 시간이라고."

바위솔은 한숨을 쉬며 시무룩하게 계단을 내려갑니다.

친구 들쥐는 바위솔을 보자마자 킥킥대며 웃습니다.
"자네는 어디로 보나 별명 그대로 먼지풀썩일세."
그러면서 깨끗한 손수건으로 먼지를 털어 줍니다.

그러나 다시 일어난 밀가루 먼지는, 두 마리 들쥐의
수염과 꼬리, 양복, 단춧구멍에도 다시 앉습니다.
둘은 서로 쳐다보며 웃음을 터트립니다. 얼마나 웃었는지
밀가루 자루에 앉아 숨을 돌려야 했답니다.

결혼식 시간은 낮 열두 시, 바위솔과 친구는 겨우 시간에
맞춰 들어옵니다. 손님들은 저마다 가장 좋은 옷을 입고
모여듭니다. 안내를 맡은 세 마리의 젊은 들쥐들은 멋진
파란 양복을 입고, 손님들을 자리에 앉히느라 바쁩니다.
사과 할머니는 눈치채지 않게 신랑과 들러리의 옷에 묻은
밀가루 먼지를 털지만 소용이 없습니다.

밝은눈 할머니는, 신부가 된 손녀 눈초롱과 들러리들이 잔
디밭으로 들어오는 것을 봅니다. 안내하는 들쥐들도 흥분
해서 찍찍대며 자리를 잡고 앉습니다. 손님들은 신부가 미
나리아재비 사이를 지나, 아름답게 꾸민 뗏목 위로 올라오
는 모습을 보려고 고개를 돌립니다.

주례를 맡은 봄메 할아버지가 부드러운 목소리로 묻습니다.
"바위솔 군, 눈초롱 양을 언제까지나 사랑하고 돌보겠는가?"
바위솔은 그렇겠다고 대답합니다.

"눈초롱 양, 바위솔 군을 언제까지나 사랑하고 돌보겠는가?"
"네."
눈초롱도 대답하자, 밝은눈 할머니는 눈물을 글썽입니다.

"그럼 이제, 꽃과 초원의 이름으로, 하늘에 떠 있는 별의 이름으로, 바다로 흘러 들어가는 냇물의 이름으로, 또 이 모든 것에 놀라움을 불어넣어 주는 신비한 힘의 이름으로 바위솔과 눈초롱이 부부가 되었음을 선언하노라."

바위솔이 신부에게 입을 맞추자 들쥐들은 모두 환호성을 질렀고, 신부 들러리들은 신랑 신부에게 꽃잎 한 바구니를 뿌려 줍니다. 그리고 춤과 잔치가 시작됩니다.

　흥이 나서 모두들 가만히 있지 못하고, 춤을 추기
시작합니다. 팔짝 뛰기도 하고, 빙글빙글 돌기도 하고,
넷씩 짝지어 추기도 해요. 사과 할아버지가 축배를 듭니다.
　"자, 신랑 신부를 위하여! 부디 꼬리는 더 길어지고, 눈은
더 밝아지고 '찍'소리는 커지지 않기를!"

　잔을 들어 축하를 한 다음, 손님들은 다시 춤을 춥니다.
얼마나 열심히 추는지 뗏목이 다 들썩입니다. 그 때문에
뗏목을 묶었던 밧줄이 닳기 시작합니다. 하나씩 가는
줄부터 끊어지더니 드디어는 마지막 남은 굵은 줄까지
'툭' 하고 끊어져 버립니다.

떼목은 물결을 따라 흘러 내려갑니다. 어린 들쥐들이
처음에는 놀라 찍찍댔지만, 아무일도 일어나지 않자
다시 잔치를 계속합니다.

뗏목은 미나리아재비와 톱니꼬리 밭을 지나 천천히
흘러갑니다. 도자기 공장에서 불을 지피고 있던 들쥐들도 나와,
결혼식 뗏목이 지나가자 손을 흔듭니다.

그러다가 뗏목은 갈대와 물망초가 무성한 곳에 걸려
섭니다. 밧줄로 뗏목을 다시 단단히 묶고 나서 계속
춤을 춥니다.

마침내 땅거미가 지고, 들판에는 황금빛 안개가 깔리기
시작합니다. 파랗던 하늘이 어둑어둑해져서야 들쥐들은 집에
돌아갈 생각을 합니다. 마련했던 음식을 다 먹고, 빈 그릇은
갈대 사이에 두었다가 내일 찾으러 오기로 합니다.

모두들 저무는 햇살을 받으며 들판을 걸어 돌아갑니다.
멋진 옷들을 입은 모습이 더없이 좋아 보입니다. 나이 많은
어른들을 먼저 모셔다 드린 다음, 나머지 들쥐들도 하나 둘
집으로 가 잠자리에 듭니다. 지쳤지만 아주 행복한 마음으로요.

눈초롱과 바위솔은 어떻게 되었을까요. 그들은 앵초꽃
숲으로 살며시 빠져나옵니다. 둘 앞에, 앵초꽃은 이미
졌지만 키 큰 풀과 고사리, 들장미와 병꽃나무에 가려진
작은 집이 나타납니다. 앞으로 둘이서 살아갈 집이에요.
신혼부부에게 정말 잘 어울리는 곳이지요?

THE

THE

HESTNUT WOODS

Hazelthorn bank

Crabapple Cottage

T H E   F

Blackberry Patch

Rabbit holes.

Brambly Hedge

N